AF384515

PIRAME

ET

THISBÉ,

PARODIE.

Par Messieurs R R. ***

Le prix est de douze sols.

A PARIS,

Chez LOUIS-DENIS DELATOUR, Imprimeur de la Cour des Aydes, en la maison de feuë la veuve Muguet, ruë de la Harpe, aux trois Rois.

M. DCC. XXVI.

AVEC APPROBATION ET PERMISSION.

ACTEURS.

NINUS, *Chef des Phlibuſtiers.*

PIRAME, *Son Lieutenant.*

THISBE'.

ZORAIDE.

ZOROASTRE *Berger, pere de Zoraïde.*

Troupe d'Eſclaves chantans & danſants.

Troupe de Mitrons, de Poëtes & de Muſiciens.

Troupe d'Archers.

Un Cerf.

PIRAME
ET
THISBÉ.

SCENE PREMIERE.

ZORAIDE, THISBE'.

ZORAIDE.

Air: *On n'aime plus.*

E perfide ne m'aime plus,
Rien ne sçauroit calmer ma crainte;
Dans ses soins les plus assidus
Je m'apperçois de sa contrainte;
Il soupire à bâtons rompus;
J'ay perdu le cœur de Ninus.

THISBE'.

Zoraïde a trop de défiance, une personne
aussi aimable que vous doit-elle craindre
une infidelité; ce Chef des Flibustiers dont
vous êtes éprise, revient vainqueur des

Pirates d'Alger, n'en doutez point, Ninus
vous aime, il rêve, il foupire, il ne fçait
ce qu'il fait.

ZORAIDE.

AIR. *Je reviendray demain.*

J'aurois déja reçu fa foy,
S'il foupiroit pour moy. (*bis.*)
THISBE'.
A qui fait-il donc les yeux doux ?

ZORAIDE.
Je crois que c'eft à vous. (*bis.*),
THISBE'.
AIR. *Oüiche, oüiche.*

Moy ?

ZORAIDE.
Vos attraits, votre naiffance
Vont me ravir ce cœur-là.

THISBE'.
Croyez que toute fa puiffance
Jamais ne m'éblouïra.

ZORAIDE.

Ah, ah, ah !
Oüiche, oüiche ;
Quelle fille refufera
Un amant riche :
Oüiche, oüiche,
Eh oüi dà !
THISBE'.

AIR. *Quand jay ma cornette.*

Vous m'offenfez en verité,
Il ne fera point écouté,
Et qui peut ébranler mon ame,
L'amour y fait regner Pirame,

ZORAIDE.

O Ciel!

THISBE'.

Nous nous aimions depuis long-temps; & je n'attendois que son retour pour conclure notre mariage.

ZORAIDE.

Vos parens y donnent sans doute leur consentement?

THISBE'.

A vous dire le vray nous n'en connoissions autrefois que de très Bourgeois, mais depuis peu un nouveau Généalogiste nous a fait descendre de têtes couronnées, qui veulent que cet hymen s'acheve ; je ne sçais comment tout cela tournera. Mais voicy venir Ninus & Pirame avec luy , voulez-vous les aborder.

ZORAIDE.

Non, je dois leur cacher mon trouble.

THISBE'.

Ce ne sera pas mal fait, car aussi bien ont-ils quelque chose à se dire que nous ne devons pas entendre.

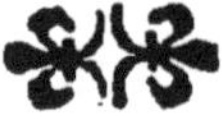

SCENE II.

NINUS, ET PIRAME.

NINUS.

Air. *Trois enfans gueux.*

Viens recevoir les honneurs éclattans.
Qu'on te prépare en cet heureux azile,
Nos Flibustiers de toy sont fort contens;
Mais pour moy seul ta gloire est inutile.

PIRAME.

J'en suis bien fâché, vous avez pourtant
eu la meilleure part du butin.

NINUS.

Ah mon amy! je suis dans un grand
embarras.

PIRAME.

Ma foy?

NINUS.

Air. *La jeune Isabelle.*

D'une amour nouvelle
Je suis occupé,
Je quitte la belle
Dont j'étois frappé;
Pourquoy Zoraïde
M'aime-t'elle encor,
Si je suis perfide
Elle seule a tort.

PIRAME.

Bon,

NINUS.

Sans doute si elle ne m'aimoit plus, elle n'auroit plus rien à me reprocher.

PIRAME.

Fy donc.

NINUS.

Cela est comme je te le dis.

PIRAME.

Tant pis.

NINUS.

AIR. *Des Trembleurs d'Isis.*

Elevé dans les allarmes,
Dans le tumulte des armes,
Je ne goûtois point les charmes
Qu'un tendre amour nous produit;
Mais en mettant pied à terre
J'ay vû la fille du frere
De la femme de mon pere,
Ma Cousine autrement dit.

PIRAME.

Thisbé.

NINUS.

AIR. *Dieu des Amours,* Menuet.

Eh quel autre pourroit, grands Dieux,
Me rendre sensible
De ses beaux yeux;
Vifs amoureux
Je sens tous les feux
Du Dieu d'amour
En ce jour,
Un trait invincible.

Arme la cruelle main
Pour chasser le repos de mon sein,
D'un vainqueur
Plein de douceur :
O ! pouvoir terrible,
Le trait vole & perce mon cœur.

AIR. *Vous n'avez pas besoin.*

Un seul moment de notre sort décide,
Au Dieu d'amour je n'ay point échapé,
J'ay cru d'abord adorer Zoraïde,
Mais je vois bien que je m'étois trompé.

PIRAME.

Et son pere.

NINUS.

Que diable, tu ne me parle que par monosillabes.

PIRAME.

C'est que tous mes amis me conseillent de ne plus rien dire.

NINUS.

Puisque tu ne peux me donner aucun avis, je vais chercher Thisbé, je ne puis être un moment sans la voir.

SCENE III.

THISBÉ, PIRAME.

THISBÉ.

Air. *Un Canard.*

JE vous revois mon cher Pirame
Dans cet agréable sejour,
Tout rit à notre heureuse flâme,
La fortune, & la gloire & l'amour.

PIRAME.

Air. *Quand Moïse.*

Celuy qui pour quelque affaire
Quitte son natal sejour,
Risque toujours trop à faire
Le voyage le plus court :
Si le pauvre diable laisse
Ou sa femme, ou sa maîtresse,
Qu'il s'attende en revenant,
A trouver du changement.
Helas !

THISBÉ.

Vous soupirez, qu'avez-vous ?

PIRAME.

Air. *O reguingué.*

Lorsque vous partagez mes feux, (*bis.*)
Je n'en suis que plus malheureux,
O reguingué, O lonlenla.

THISBÉ.

Eclaircissez-moy cette emblême.

PIRAME.

Ninus.

THISBE'.
Parlez.

PIRAME.
Ninus vous aime.

THISBE'.
Le Flibuftier.

PIRAME.
AIR. *Prenez bien garde à votre.*

Flatté de l'efpoir le plus doux.　　(*bis*)
Il va venir à vos genoux
Vous offrir argent & bijoux.

THISBE',
Ah ! vous m'offenfez Pirame.

PIRAME.
Quel tendre couroux.　　(*bis.*)

THISBE'.
Il eft plus jufte que tendre, pouvez-vous
me croire intereffée.

PIRAME.
J'ay tort, je dois apprehender fon pouvoir & non pas fes richeffes. Nous dépen-
dons ici de lui , & fi vous le refufez, je
crains qu'il ne s'irrite.

THISBE'.
Zoraide le rappellera par fes larmes, il
lui a promis de l'époufer.

PIRAME.
Bon. Il s'embaraffera bien de lui tenir
parole. Vous ne le connoiffez pas,

AIR. *Mr de la Palice.*

Par un attentat cruel,
Il brisera notre chaîne,
Si vous n'allez à l'autel
Craignez qu'il ne vous y mene.

THISBE'.

Ne vous figurez point cela.

PIRAME.

Je dois prévenir ce malheur en vous cé-
dant à mon Rival. Je crois que c'est le
plus court.

AIR. *Birene.*

Par charité ne pensez plus à moi,
Quand cet Amant aura rempli ma place,
Je gemirai de vous voir sous sa loy ;
Mais il faudra qu'à la fin je m'y fasse

THISBE'.

Que je ne pense plus à vous. Ah ! que
vous êtes sage pour un Amant passionné ;
il y en a bien d'autres qui penseroient
differemment.

AIR *de l'Opera nouveau.* Menuet.

Souvent l'Amant
Voit sans tristesse
Prendre à sa maîtresse
Un engagement ;
Il espere,
S'il sçait luy plaire,
Goûter les plaisirs
Dont on privoit ses desirs.

PIRAME.

Je profiterai de l'avis ; mais voici Ninus, ne faites semblant de rien.

SCENE IV.

NINUS, PIRAME, THISBE'.

NINUS à Pirame, qui veut s'en aller.

ARrêtez Pirame.

PIRAME.

Je suis discret.

NINUS.

Non, il est necessaire que vous entendiez mon compliment. *A Thisbé.*

AIR *des Pendus.*

L'Amour qui me guide en ces lieux,
Me fait chercher dans vos beaux yeux
Le destin que je dois attendre ;
Plus en Amant soumis & tendre,
Qu'en Vainqueur des Algeriens,
Je viens m'offrir à vos liens.

THISBE'.

AIR. *Chantez petit Colin.* Menuet.

Resistez mieux Seigneur
Au transport qui vous guide ;
Quoy vous m'offez un cœur
Qui doit brûler d'une autre ardeur,
Ah ! Si pour Zoraïde
Vous devenez perfide,
Je dois à mon tour,
D'un volage amour,
Craindre le retour.

NINUS.

Bon, ne voyez-vous pas que mon cœur
n'étoit fait que pour vous ?

THISBE'.

Mais vous avez promis à Zoraïde de
'épouſer, pouvez-vous luy manquer de parole ?

NINUS.

C'eſt une bagatelle à laquelle mon eſprit
a remedié.

AIR. *Danſons le nouveau Cotillon.*

Sur mon fidele Lieuterant
Je puis dépoſer un fardeau ſi peſant,
Mon cher Pirame
Prens pour femme
Ce jeune tendron.

PIRAME.

Le beau preſent, ah voyez donc,
Il agit avec ſes amis,
Comme les Traitans avec leur Commis.

NINUS.

Et pour t'obliger à me rendre ce ſervice,
je te fais mon égal, ſois comme moy Chef
des Flibuſtiers.

PIRAME.

Juſtement, il me donne une Direction.

AIR. *Je n'en veux pas davantage.*

Faites votre mariage
Sans diſpoſer de mon cœur,
J'eſtime peu l'avantage,
Et l'éclat de la grandeur,
Mon reſpect pour vous m'engage
A n'être que votre ſecond,
Eh, non, non, non,
Je n'en veux pas davantage.

NINUS.

Vous êtes trop modeste, Pirame, je vous fais preſent des Galeres que vous avez priſes. Que leurs Forçats viennent celebrer à l'impromptu, l'hommage qu'ils doivent au charmant objet de mes vœux.

THISBE'.

Mais attendez du moins que j'aye accepté le votre. Vous vous dites Amant ſoumis & tendre, & vous me donnez une fête ſans ſçavoir ſi elle me ſera agréable.

NINUS.

Oh ! cela eſt ſous entendu, les Flibuſtiers n'y cherchent pas tant de façons, & d'ailleurs quand il s'agit d'un divertiſſement, il faut bien qu'il arrive, n'importe comme il eſt amené.

MARCHE DE FORÇATS ALGERIENS

UN FORCAT.

5

Parodie de l'air Laiſſons-nous charmer du plaiſir d'aimer.

Que de nos tranſports
Naiſſent des accords
Qui ſurpaſſent Lully,
En vif en joly ;
Si par fois nos vers
Vont un peu de travers,
Un bon air à danſer
Les fait paſſer.
La Muſique,
Quoy qu'antique
Par notre Art ſe recrepit,

Et

Et la Muse
La plus buse
Peut plaire en dépit,
Même de l'esprit.

   Que de nos transports, &c.

Un Spectacle parfait
Ne va pas sans ballet ;
Mais qu'ici sur toutpoint l'Entrechat brille,
Que la fille
Y sautille,
Et nous fasse voir
Tout son sçavoir.

   Que de nos, &c.

VAUDEVILLE.

Quand pour un tendre voyage
Vous voulez vous embarquer,
Belle craignez l'esclavage,
On viendra vous attaquer :
Si vous voulez être sage,
Ne combattez qu'en fuyant,
Dès qu'on vient à l'abordage
Votre galere se rend.

Voyageur que l'amour guide,
Voguez toujours hardiment ;
Ne soyez jamais timide
Pour vaincre risquez souvent :
La beauté qui paroît fiere,
Et n'aimer qu'à pirater,
Souvent déclare la guerre
Pour se laisser emporter.

Une victoire parfaite
Doit toujours un peu coûter ;
Gardez-vous de la Coquette
Qui se rend, sans resister :

B

Elle vous paroît fidele
Pendant que le temps vous fuit;
Mais dès qu'elle voit fa belle,
Vous coule à fond & s'enfuit.

SCENE V.

Zoraïde & les Acteurs precedens qui fe
retirent après fon Couplet.

ZORAIDE à Ninus.

AIR. *Allez vous-en les gens de la nôce.*

A Qui dans ces lieux veut-on plaire,
Ne puis-je l'apprendre de vous ?
Pourquoy me faire un miftere
D'un Spectacle fi beau, fi doux ?
Expliquez-vous. (*bis*)

PIRAME.

Comment voulez-vous qu'il s'explique fi
vous l'étranglez. Il ne fait pas bon icy pour
nous: Allons nous - en.

ZORAIDE.

A qui dans ces lieux veut-on plaire;
Ne puis-je l'apprendre de vous ?

NINUS.

AIR. *Viens icy que je te regale.*
Mon embarras doit vous fuffire,

ZORAIDE.

Expliquez-vous fans nul détour,

NINUS.

Que diable icy, vais-je luy dire,

ZORAIDE.

Ah ! Trahiriez-vous mon amour,

NINUS.

Vraiment oüy, mais c'eſt à regret, je vous
aſſure, & ce qui fait que je ne vous aime
plus, c'eſt que j'adore Thiſbé.

ZORAIDE.

Ah ! Scelerat.

NINUS.

Vous devriez prendre une reſolution
genereuſe, vangez-vous de moy en épou-
ſant Pirame ; c'eſt un joly garçon, qui
eſt de mes parens à ce qu'on dit, & qui....

ZORAIDE.

Alte-là. C'eſt bien à toy de diſpoſer d'une
main que tu mépriſes. Mais ne te mets pas
en peine, je vais le dire à mon pere.

AIR. *Sur la Terre & ſur l'Onde.*

Sur la Terre & ſur l'Onde
L'Enfer le ſeconde,
Il fait s'il veut
Beau temps quand il pleut,
Par ſon pouvoir tout ſe meut.
Il voit dans la main
Si l'homme eſt en clin
Au deſtin de Vulcain.
Ne ſçait-il pas
Tourner le ſas,
Arrêter un caroſſe,
Il roſſe,
Fait boſſe,
Tord le cou,
Change en loup garou.

NINUS.

Bon, bon, je ne crois point aux Sorciers.

ZORAIDE.
AIR. *Tarare ponpon.*
Par un tendre retour,
Reviens à moy Barbare;
Tu vois que mon amour
Surmonte ma raison,
Que rien ne nous separe,
Aime-moy cher Ninon,
Quitte Thisbé.

NINUS.

Tarare ponpon.

Tout ce que je puis faire; c'est de vous plaindre, de me plaindre & de nous plaindre tous deux, croyez-moy, oubliez jusqu'au nom de Ninus.

ZORAIDE.

AIR. *Nanette dormez-vous.*
Eh! Puis-je t'oublier, (*bis*)
Tu veux donc que je t'aide à te justifier,
Non, non, mon seul recours
Est de trancher mes jours.

NINUS.

La pauvre fille.

AIR. *Quand je tiens de ce jus.*
Que votre sort est déplorable,
Je voudrois bien le partager,
Je vois le mal qui vous accable;
Mais je ne puis vous soulager.

ZORAIDE.

AIR. *Voicy les Dragons.*
Trouve en ta nouvelle flamme
Un suplice égal,
Tu peux y livrer ton ame,
Puisqu'il est vray que Pirame
Est ton Rival. (*bis*)

SCENE VI.

NINUS seul.

Pirame est mon Rival !

AIR. De tous les Capucins.

AH, je vous apprendray Pirame,
A vous faire aimer d'une femme,
Dont je veux faire ma Moitié ;
Mais, helas ce n'est pas sa faute,
Je dois plutôt avoir pitié
Du pauvre diable à qui je l'ôte.

Non je r   s oublier ce que je luy dois.....
Bon, c'est bien à un Pirate à faire de semblables reflexions, ne devoit-il pas m'avertir de ne point m'attacher à Thisbé ?

AIR: Voilà des Critiques de reste.

C'est toy seul qui me rends parjure ;
Ton sang lavera cette injure
Coulez perfide sang, coulez,
Mais, quel remords trouble mon ame !
Fierté, raison funeste flâme,
Accordez-vous si vous voulez.

Je vais toujours à bon compte faire mettre Pirame en prison.

SCENE VII.

PIRAME, THISBE'.

PIRAME.

AH ma cheré Thisbé, cette babillarde de Zoraïde vient de me dire qu'elle avoit découvert notre amour à Ninus, nous sommes perdus.

THISBE'.

Qu'allons - nous devenir mon cher Pirame?

PIRAME.

Je vous l'avois bien dit tantôt , il faudra nous séparer;

THISBE'.

AIR. *La jeune Iris.*

Nous separer , ah ! seriez-vous perfide;
Nous separer, aimez-vous Zoraïde ?

PIRAME.

Non.
Mais je suis un peu timide,
Je crains les coups de bâton.

THISBE'.

Quoy vous qui avez pris tant de Galeres, vous tremblez ? N'est-ce pas à vous à nous délivrer d'un pouvoir tiranique.

PIRAME.

AIR. *Quand on a prononcé.*

Hé bien ! vous le voulez, il faut vous satisfaire,
Je vais contre un tiran, exercer ma colere,

Je vais percer le sein, d'un rival odieux ;
Mais je puis m'en punir, en mourant à ses yeux.
Et ma main aussi-tôt contre mon sein tournée. . . . .

Mais je m'embarboüille dans Cinna.
Voyez comme on se rencontre.

THISBE'.

Arrêtez Pirame, puisque vous m'aimez ;
je suis contente.

PIRAME.

Et moy je ne le suis pas, je crains Ninus.

THISBE'.

Il m'aime trop pour m'épouser malgré
moy ; & je suis sure qu'il immolera son
amour à mon contentement.

PIRAME.

AIR. *Des Triolets.*

Ninus n'est pas si sot que moy ;
Il veut être content luy-même,
Son amour veut faire la loy,
Ninus n'est pas si sot que moy :
Ce n'est pas un gaillard, ma foy,
A s'immoler pour ce qu'il aime,
Ninus n'est pas si sot que moy ,
Il veut être content luy-même.

THISBE'

Je vois bien qu'il faudra l'épouser ; mais
tandis que nous avons le tems

TOUS DEUX.

AIR. *Des fraises.*

Amufons-nous à pleurer;
Puifqu'Amour nous raffemble,
On ne peut nous envier
Le plaifir de foupirer
Enfemble , enfemble , enfemble.

SCENE VIII.

ZORAIDE, PIRAME, THISBE'.

ZORAIDE.

AH! mes chers enfans, la bonne nouvelle. Je crois que Ninus revient à lui, & qu'il me rend fon cœur.

THISBE'.

Sur quoi fondez-vous cette conjecture?

ZORAIDE.

Nous venons de nous rencontrer, & fi-tôt qu'il m'a vûë, il s'eft mis à fuir.

THISBE'.

Et vous appellez cela vous aimer?

ZORAIDE.

Il n'en faut pas douter, ce font fes remords qui agiffent.

PIRAME.

Je dois profiter d'une occafion fi favorable,

AIR

A i r, *Réveillez-vous.*

Sur de si justes conjectures
Je vais tâcher de l'adoucir :
Nous prenons fort bien nos mesures,
Je crois qu'elles vont réüssir.

THISBE'.

Je vous suis, cher Priame.

TOUTES DEUX.

A i r, *Quand le peril.*

Protege amour deux malheureuses,
Qu'elles voyent leurs maux finir :
Helas ! voudrois-tu nous punir,
D'être trop amoureuses.

SCENE IX.

Dans une Lanteene mageque.

ZOROASTRE, ZORAIDE.

ZOROASTRE.

A i r, *Je viens exprès du Congo.*

JE viens exprès du sabat a a a,
   Du sabat,
J'ai pitié de ton état,
Rassure-toi ma fille,
Le Diable est mon ami i i i;
   Mon ami,
Le Diable est mon ami.
Je vais bien-tôt lui faire emporter Ni-
nus,

C

ZORAIDE.

Ah! gardez-vous-en bien, mon pere, il m'eſt plus cher que jamais.

ZOROASTRE.

Je veux donc couler ſes galeres à fond, & noyer tout ſon Equipage.

C'eſt par le malheur des Sujets
Qu'on peut punir des Rois les injuſtes projets.

ZORAIDE.

Ah! mon cher pere, les fautes ſont perſonnelles.

AIR, De tous les Capucins.

Qu'a fait ce peuple miſerable,
Pour que vôtre couroux l'accable,
Ah! vous raiſonnez à peu près,
Comme cette belle maxime,
La vertu pouſſée à l'excès,
Eſt plus à craindre que le crime.

ZOROASTRE.

C'eſt par là que l'on brille.

ZORAIDE.

Mon pere, je vous conjure d'appaiſer votre couroux.

ZOROASTRE.

Non, je veux du moins faire paroître quelque monſtre extraordinaire pour lui faire peur.

ZORAIDE.

Cela ne servira de rien. Vous verrez que votre monstre sera inutile.

ZOROASTRE.

Comment inutile, je veux qu'il fasse un ravage épouvantable ; qu'il tuë à tort & à travers.

A 1 R. *J'irai vous voir.*

Non, rien ne peut desarmer ma colere,
Puisque Ninus ose se dégager:)
Il perira , ..

ZORAIDE.

Sa personne m'est chere,
C'est me punir en voulant me vanger.

ZOROASTRE.

Mais je n'y comprens rien ; qui auroit jamais crû qu'une femme amoureuse & trahie, fut si peu vindicative ; mais je ne dois consulter que mon honneur offensé, en le vangeant, je punis ensemble l'Amant perfide & la trop foible Amante.

Qui craint de se vanger merite qu'on l'outrage.

A propos, Pirame est en prison par votre faute ; allons le délivrer, tant pour faire enrager Ninus, que pour réparer vôtre indiscretion. Ne songeons qu'à nous vanger.

AIR. *De la Chasse.*

L'honneur doit étouffer la tendresse,
Rassure ton cœur triste & plaintif,
Plus est cher l'offenseur qui nous blesse,
Plus on doit être rebarbatif.
Tu me connois vindicatif,
Je veux que ce Marin chetif,
Pâle & craintif,
Plus mort que vif,
De son peuple fugitif,
Ne puisse emplir un esquif.

SCENE X.

LE Theatre represente une prison.

THISBE'.

AIR. *Ah que Monseigneur.*

Eh quoy! l'objet de mon amour,
Gemit dans un affreux sejour,
Nous verions du moins en ce jour
Notre peine adoucie,
Si je pouvois dans cette tour
Lui tenir compagnie.

SCENE XI.

ZOROASTRE, ZORAIDE, THISBE'.

ZOROASTRE.

CEssez de soupirer, Thisbé, je viens au secours de vôtre Amant, & le délivrer de sa captivité.

THISBE'.

Ah! le voilà à la fenêtre de sa prison.

PIRAME.

Ma chere Thisbé, vois comme on me traite.

THISBE'.

On vient à ton secours, mon cher Pirame. Mr est un habile Magicien qui s'interesse pour nous, & qui va te délivrer.

ZOROASTRE.

Oüy, oüy, vous allez voir.

AIR. *Passant sur le Pont Neuf.*

Esprits qui dans les airs allumez le tonnerre,
Et vous qui demeurez au centre de la terre,
Tirez de peine
Un Heros qu'on tient à la chaîne
Sans paroître en ces lieux sous une forme
Humaine.

THISBE'.

Vous allez nous priver d'un divertisse-ment de Lutins.

ZOROASTRE.

Non, je vais y pourvoir.

PIRAME.

Ah! Mr gardez-vous bien de les faire
danser. Ils ne finiroient jamais, & je suis
pressé.

ZOROASTRE.

AIR. *Exaltons & chantons.*

Détruisons,
Et brisons
Cette vieille Architecture ;
Abattons,
Renversons,
Et ces tours & ces prisons...

PIRAME.

Ah ! Mr vous allez me faire assommer,

THISBE'.

Les solives lui tomberont sur la tête.

ZOROASTRE.

Non, non, vous allez voir de l'ouvra-
ge bien fait.

CHOEUR.

Détruisons,
Et brisons
Cette vieille Architecture ;
Abattons,
Renversons,
Et ces tours & ces prisons.
(*La prison est enlevée.*)

ZORAIDE.

Ah! voyez de combien d'Archers il est
environné,

ZOROASTRE.

Ne vous embaraſſez de rien ; voicy comme je les mene.

AIR. *Dia uriau.*

Archers, qu'on ceſſe de garder
Sans plus tarder ,
Le bon Pirame ,
Fuyez vîte & tôt,
Hola ho,
Dia uriau ,
D'un ſault.

SCENE XII.

PIRAME, THISBE', ZOROASTRE, ZORAIDE.

PIRAME.

AIR. *Ne m'entendez-vous pas.*

Quoy Bergere ! c'eſt vous,

THISBE'.

Quoy ! c'eſt vous,

ENSEMBLE.

C'eſt moy-même ,

PIRAME.

Je revois ce que j'aime.

THISBE'.

Ah ! que mon ſort eſt doux,

ENSEMBLE.

{ Quoy ! Bergere c'eſt vous,
{ Quoy ! Pirame c'eſt vous.

THISBE'.

C'est à Zoroastre que nous avons cette obligation.

PIRAME.

Je ne puis ny l'exprimer ny la reconnoître, quel plaisir d'avoir affaire à ces Messieurs, nous aurions eu de la peine à sortir d'embaras, si le Diable ne s'en fut mêlé.

ZOROASTRE.

Ne vous amusez point à la bagatelle, les momens sont chers, profitez-en, & fuyez au plus vîte.

PIRAME

Il a ma foy raison, que ne prenions-nous ce party-là tantôt. Mais Thisbé, nous ne pouvons nous en aller ensemble, prenez d'un côté & moy de l'autre, nous nous retrouverons dans ce Cimetiere......

ZOROASTRE.

Eh fy ! Voilà un beau rendez-vous.

AIR. *La Faridondaine.*

Je vous conseille mes enfans
De vous rendre au Rivage,
Là ne perdez point les instants,
Mettez-vous en voyage.

PIRAME;

Ma foy votre conseil est bon,
La faridondaine, la faridondon;

ZOROASTRE.

Oh ! par mes soins tout réüssit.

PIRAME.

Biribi,
A la façon de Barbari mon amy.

SCENE XIII.

ZOROASTRE, ZORAIDE.

ZOROASTRE.

Air. *Tu croyois en aimant Colette.*

Connois les traits de ma puissance,
Ninus tu voulois me braver,
Leur fuite ébauche ma vangeance,
Leur rendez-vous va l'achever.

ZORAIDE.

Air *de l'Opera de Thisbé.*

Loin de murmurer contre un pere,

ZOROASTRE.

Pourquoy murmurerois-tu , je te deffais
d'une Rivale.

ZORAIDE.

C'en est fait je suis absolument guerie
de mon amour, sans sçavoir comment.

ZOROASTRE.

Effet surprenant de la Magie.

ZORAIDE.

AIR: *Si vous voulez que je vous.*

Raison, fierté, dépit, vangeance ;
Ah ! c'est à vous que j'ay recours,
Secondez mon impatience,
Venez, volez à mon secours.

ZOROASTRE.

Voilà des paroles bien aisées à mettre en
musique. Puisque tu ne songes plus à luy,
je vais le trouver, & avec le secours de mes
Diables l'assommer de coups.

ZORAIDE.

Je veux être de la partie

ENSEMBLE.

Pour nous vanger de ly, tapons, tapons
Tapons, morgué tapons sur sa bedaine,
Tapons, morgué tapons à grands coups de
gourdin.

SCENE XIV.

THISBE' seule.

AH ! ma lanterne s'est éteinte, je ne
vois plus goute, comment trouverai-
je mon chemain.

AIR. *Rossignolet du verd Boccage.*

Amour que ton flambeau me guide
En ce moment,
Conduis une fille timide
Vers son amant.

RITOURNELLE.

AIR. *Y avance.*

Cher Pirame tu ne viens pas (*bis*)
Qui peut te retenir helas !
Que tardes-tu le jour s'avance ,
Avance, avance , avance ;
Car j'ay besoin de ta presence.

Faut-il que j'arrive icy la premiere , ah !
Pirame , quand il s'agit d'un rendez-vous.

AIR. *Est-ce ainsi qu'on prend les belles*

Les Amans vraiment fideles
Doivent devancer nos pas,
L'Amour leur prête ses aîles ,
Cependant tu ne viens pas ,
Est-ce ainsi qu'on prend les belles ,
  Lonlenla ,
  Ogué lenla.
Amour que ton flambeau me guide
En ce moment ,
Conduis une fille timide
Vers son amant.

CHŒUR.

Fuyons , fuyons ce gros goulu ,
Quelle faim d'abolique.

THISBE'.

Ah ! quels cris entens-je en musique,

CHŒUR.

Fuyons ; &c,

THISBE'.

Fin de l'AIR *du Confiteor.*

Le Monstre approche de ces lieux ,
Sauvez Pirame justes Dieux.   (*elle sort*)

CHOEUR.

Fuyons, &c.

SCENE XV.

PIRAME, seul.

QUel monstre vient icy me couper le chemin,
C'est un Cerf échapé du Fauxbourg saint Germain,
Malheureux animal, je te revois encore,
Trouverai-je par tout la bête que j'abhorre ;
Percé de tant de coups, comment t'es-tu sauvé ?
Tien, tien, voila le coup que je t'ai reservé.

(*Il combat le Cerf comiquement & le tue.*)

Meurs , meurs une bonne fois , & ne vas plus chercher ta revanche dans d'autres forêts, où tu ne serois pas mieux reçû qu'icy. Mais c'est en cet endroit que Thisbé devoit être , pourquoy ne paroît-elle point ?

AIR: *Le vent souffloit.*

Thisbé, Thisbé,
Qu'êtes-vous devenuë ?
Thisbé, Thisbé,
Offrez-vous à ma vûë,
A force de crier ,
Thisbé, Thisbé, Thisbé, je m'en vais m'enroüer.

AIR. *Ramplon.*

Personne ne répond ,
ramplon,...

Personne ne répond,
Helas ! Ninus peut-être,
Ramplan,
Pataplan,
Ramplon,
Pataplon,
Helas ! Ninus peut-être
Me croque ce Tendron,
Ramplon.

Cherchons dans cette forêt, peut-être
la peur la t'elle fait cacher quelque part.

AIR. *Ahy, Ahy, Ahy.*

Mais que vois-je malheureux !
N'est-ce pas là sa cornette
Oüy je reconnois les nœuds,
Qu'avoit fait sa main blanchette,
Ahy, Ahy, Ahy
Et sa bagnolette,
Ahy, Ahy, Ahy, Ahy, Ahy.

Ah ! c'est moy qui suis la cause de sa mort, je voudrois bien sçavoir à quoy je me suis amusé.

AIR. *Margot sur la brune.*

Thisbé sur la brune,
Pour attendre fortune,
Thisbé sur la brune
Jamais ne reviendra;
Mais son Pirame,
Par cette lame,
Toute sa flâme
Luy prouvera.

En mourant comme à l'Opera, (il se tuë.)

SCENE XVI.

THISBE'. PIRAME.

THISBE'.

TOut est calme, il faut que le monstre
soit loin d'ici ; mais je le vois expirant :
Ah ! c'est Pirame qui l'a tué ; il n'y a que
luy capable d'un si beau coup.

(*Appercevant Pirame.*)

A I R , *du Confiteor.*

Ciel ! quel objet frappe mes yeux
Pirame ?

PIRAME.

Quelle voix m'appelle ?
Tisbé, c'est vous sort rigoureux.

THISBE'.

O Ciel quelle main crimirelle.

PIRAME.

Je suis venu trop tard tantôt,
Et je me suis tué trop tôt.

THISBE',

Cher Pirame, qui vous a mis dans cet
état déplorable.

PIRAME.

Je vais vous le dire. Il s'agit de sçavoir

que trompé par votre Bagnolette, j'ai crû
que ce maudit Cerf vous avoit tuée,
je me suis aussi tué de desespoir ; mais je
n'ai pas voulu mourir sur le champ, parce
que je me doutois bien qu'il falloit aupa-
ravant raconter mon histoire. A present
que voilà toutes mes affaires faites , je
meurs.

THISBE'.

AIR, *Ils sont morts.*
Il est mort,   (*bis.*)
Pirame n'est plus qu'un corps
Sans ame.   (*bis.*)

Mais voicy le Flibustier, faisons-lui envier notre sort, tout malheureux qu'il est.

SCENE XVII.

THISBE', PIRAME, NINUS, *Suite.*

NINUS.

EH quoy ! cruelle, vous me fuyez pour
suivre un ravisseur qui ne peut écha-
per à ma vangeance.

THISBE'.

Tiens, vois ce qui reste de ce Heros,
il est mort.

NINUS.

C'est dommage, que je le plains !

THISBE'.

AIR. *Réveillez-vous.*

Pitié qui ne peut me seduire,
Ne l'esperes pas aujourd'huy.

NINUS.

Hé bien ! ce sera pour demain.

THISBE'.

Mon Amant n'aura rien à dire,
S'il meurt pour moy, je meurs pour luy.

SCENE XVIII.

ZOROASTRE, NINUS, THISBE', PIRAME.

ZOROASTRE.

EH bien, mes chers enfans, n'ai-je pas
fait merveille ?

THISBE'.

Ouy assurément, votre monstre a fort
bien operé ; au lieu de punir un Tyran,
il cause la mort de deux Amans que vous
vouliez deffendre.

ZOROASTRE.

Ce n'est pas ma faute s'il s'est trompé ;
mon intention étoit bonne. C'eut été bien
pis, si je vous avois envoyé Magotin, je
n'aurois jamais pû raccommoder l'affaire ;
mais il y a du remede à tout cecy ; & je
veux que vous épousiez Pirame tout à
l'heure.

PIRAME.

PIRAME.

Vous n'y pensez pas , nous ſommes morts.

ZOROASTRE.

Bon, vous avez crû cela ; vous vous porterez auſſi bien que moy dans un moment.

PIRAME.

Vous m'allez peut-être noyer dans la fontaine de Diane pour me faire revivre.

ZOROASTRE.

Non , un ſeul coup de ma baguette yaut toutes les eaux du monde.

THISBE'.

En effet , Pirame je me porte bien.

PIRAME.

Et moy auſſi Thiſbé.

NINUS.

Puiſque Thiſté n'eſt point morte, je prétens l'épouſer.

ZOROASTRE,

Ne raiſonné pas, je te ferai danſer d'importance. Reſpecte des nœuds que je cheris. Hé bien , m'accuſerez-vous encore d'avoir fait des bévûës?

PIRAME.

Cela va un peu mieux qu'à l'Opera.

ZOROASTRE.

Voicy une troupe dé Poëtes & dé Muſiciens qui viennent implorer le ſecours de Cerès. Vous dévez preſider à cette Fête comme fille de Boulanger. Vous êtes eſclave de votre naiſſance.

SCENE XIX.

THISBE', ZOROASTRE, PIRAME,

Chœur de Poëtes & de Muſiciens qui chantent alternativement avec Thiſbé, à l'imitation de l'Opera.

THISBE.

Air. *Ah Pierre, ah Pierre.*

Déeſſe de Goneſſé,
Ah ! que vos pains ſont bons ,
Vîte le temps nous preſſe,
Comblez-nous de vos dons,
Déeſſe, Déeſſe,
Nous vous les demandons.

FIN.

APPROBATION.

JE souſſigné Mᶜ ès Arts en l'Univerſité de Paris, ai lû par ordre de M. le Lieutenant General de Police, un Manuſcrit qui a pour titre *Pirame & Thiſbé*, dont on peut permettre l'impreſſion. A Paris, ce 8. Decembre 1726.

PASSART.

Veu l'Approbation. Permis d'imprimer le 8. Decembre 1726.

HERAULT.

Regiſtré ſur le Livre de la Communauté des Libraires & Imprimeurs de Paris, Nº. 1507. conformément aux Reglemens, & notamment à l'Arreſt de la Cour du Parlement du 3ᵐᵉ Decembre 1705. A Paris, le dix Decembre mil ſept ſent vingt-ſix. D. MARIETTE, Syndic.

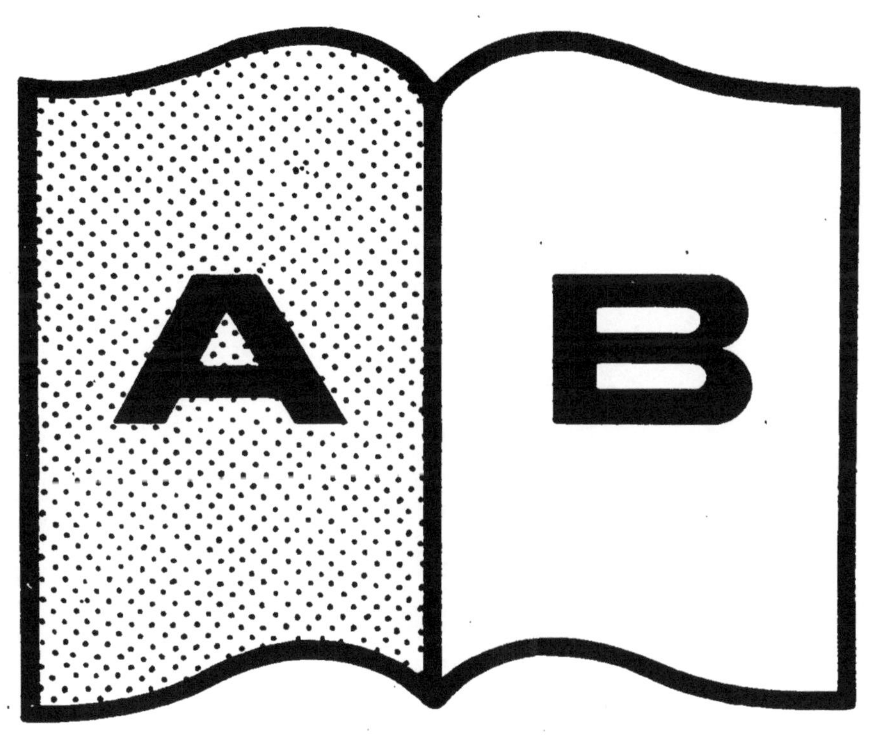

Contraste insuffisant

NF Z 43-120-14